어머니 알통

어머니 알통

서홍관 시집

문학동네

自序

어머니를 어머니로 만난 것이 내 인생의 첫번째 행운이었다.

삼 년 전 세상을 뜨신 어머니가 이 시집을 가장 먼저 읽어주셨으면 좋겠다.

아마 시집을 읽으시다가 몇 번 웃으실 것이다.

오십이 넘은 나이에도
아직도 배우고 익힐 시간이 남아 있다는 것이 고맙다.
지구상에 사랑하는 사람들이 살아 있는 한
나는 여전히 고통 속에서도 기쁘게 살아갈 것이다.

차례

3부 | 폐경기 여성

4부 | 죽은 금동이 안 오다

5부 로렌

6부 | 사랑의 무법자

1부

어머니, 하관하던 날

꽃무늬 손수건

초등학교 6학년 어머니날에
선물 사드린다고
돈 십원 움켜쥐고 돌아다녔어.

붉은 카네이션과 함께
꽃무늬 손수건 사드렸는데
돌아가신 뒤
그날 어머니 웃음 생각나네.

어린 맘에 흥정할 엄두도 못 내고
눈으로 물건을 고르느라
전주 남부시장을 열댓 바퀴 돌면서
골랐던 그 꽃무늬.

보따리 열네 개

일흔일곱이 되신 어머니는
고속버스 기사가
다시는 이렇게 싣지 말라고
지랄지랄하더라면서
화가 나셨다.
보따리 열네 개를 들고 오신 날.

어머니 상경하실 때는
아들 주시려고
동치미 국물과 김치와 깻잎과 무를 가져오시고

귀향하실 때는
집에 있는 개 주신다고
생선뼈와 고기찌꺼기를 담은
비닐봉지를 가져가신다.

어머니 알통

나 아홉 살 때
뒤주에서 쌀 한 됫박 꺼내시던 어머니가 갑자기
"내 알통 봐라" 하고 웃으시며
볼록한 알통 보여주셨는데,

지난여름 집에 갔을 때
냉장고에서 게장 꺼내주신다고
왈칵 게장 그릇 엎으셔서
주방이 온통 간장으로 넘쳐흘렀다.

손목에 힘이 없다고,
이제 병신 다 됐다고,
올해로 벌써 팔십이시라고.

자꾸 비는 내리고

오늘은 비가 내리고
육이오 이야기를 하는데 어머니가
그런 얘기 하니까 무섭다 하신다.
사람들이 들락날락하니 무서……

어머니가 자꾸 가자고 하신다.
신성리로, 어머니 친정으로
가자고 하신다. 누가 기다린다고……

비가 내려도 소용없다고……
그냥 가자고……
신발을 신고 떠나시려고……

완산동 옛집

아버지 돌아가시고
어머니 요양원 계시고
오랜만에 완산동 옛집에 찾아오니
대나무 다 죽어버리고 애기똥풀과 제비꽃만 가득하네.

그때 아홉 살이었던가.
대밭에 봄볕 쬐러 갔다가
꽃뱀 만나서 혼비백산 뛰어내려갔던 날
어머니가 그늘진 마당에서 슬그렁슬그렁
확독에 고추 갈던 날.

어머니, 하관하던 날

입관을 하는데
어머니는 뼈만 남은 몸으로 말없이 누워 계시고
관에 못질을 하기 전에 나는 어머니 얼굴을 감싸쥐었다.
차가워진 어머니의 볼을 내 손으로 따스하게 해드리고 싶었다.
살아생전에는 그때마다 "네 손 따숩다" 하셨는데……

하관을 하고 한 삽씩 흙을 붓는데
좌르르 쏟아지는 소리가 천둥 치는 소리로 들린다.

인부들이 땅을 고르는데
아시는지 모르시는지
옆에서 웃고 계신 어머니 사진은 마냥 아직도 평화롭다.
바람도 없는 겨울햇볕이 따스해서
눈을 감고 있는데 눈앞이 붉게 보인다.

아, 우리가 지금 어디에 와 있을까
어릴 때 완산동 우리 집 마루에 누워 있으면
어머니가 무릎에 내 머리를 올려주고

성냥개비로 살살 귓밥을 파주시던 그때
그 봄날에도 등에는 햇볕이 참 따스했는데……

갑자기 어머니가 아무렇지도 않게 툴툴 털고 나오셔서
웃으면서 한 말씀 해주시는 것 같다.
"뭔 일로 늬들이 다 뫼았냐
어서 집에 가서 밥이라도 먹자."

그래요 어머니, 우리는 슬플 일도 없어요.
어머니와 함께한 지난날들은 따스했어요.
제가 말씀드렸던가요?
어머니를 어머니로 만난 것이
내 인생의 첫번째 행운이었다고
저와 함께해주신 지난날 감사드려요.

장의버스 타러 내려오는 길에는
조카들과 농담도 하고 웃으면서 내려왔다.

알프스 냉이꽃

어머니 멀리 떠나보내고
덧없이 이곳까지 흘러왔네요.

알프스에도 이제 보니 뻐꾸기가 우네요.
심장에 고동치듯 뻐꾹뻐꾹
호남평야 뻐꾸기 소리도 들리네요.

알프스 작은 교회
조난사고로 스물아홉에 죽은 한스 캄프의
묘비 옆에
하얀 냉이꽃들이 착하게 피었어요.

어머니 가끔 이곳에도 오셨던가요?
봄마다 쑥 캐던 만경강 언덕처럼
냉이꽃도 할미꽃도 피어 있는 알프스에.

시베리아 열차

시베리아 열차에 몸을 싣고
세상에서 가장 넓은 꽃밭
노란꽃 가득한 초원을 달리다가

이윽고 밤이 되어
거무스레한 평원 위로
북두칠성이 하늘에 걸리고

자작나무숲 위로
숨죽이며 반달 하나가 떠오르자

나도 모르게
"어머니!" 소리가 새어나왔다.

전주 모악산 기슭에 모셔진 어머니,
언제 시베리아 달빛을 타고 오셨는지.

빈 연(鳶)

어머니 꿈에 뵙고
깨어나 잠 못 들고

신새벽 강가에 나와
하늘을 보니

빈 연이 언제부터
허공중을 날고 있네.

피난처

—아버님이 들려주신 이야기

제자가 묻기를 "스승님 어디로 가야 난리를 피할 수 있습니까?" "큰 산이 앞에 세 개 있고, 뒤로 장강이 흐르는 곳을 찾아라." 그 말을 들은 제자가 조선천지 방방곡곡을 다녔지만 찾지 못했다. "스승님 찾지 못했습니다" 하니 스승은 '마음 심(心)' 자를 써 보이시면서, "봐라 이게 큰 산 세 개와 장강이 아니더냐. 너의 마음을 편안하게 가지면 그곳이 피난처니라."

아버지 새가 되시던 날

아이도 하나 낳은 신혼 시절
태평양전쟁 말기에
나가면 다 죽는다는 징병에 끌려가게 되었는데

어떤 도사를 만나
일본 헌병이 잡으러 오면 새가 되어 도망치는
술법을 익히던 중에

새가 되기도 전에
헌병이 나타나는 바람에
그만 규슈로 끌려가게 되었다지.

돌아가신 뒤
좋아하시던 모악산 금산사에 모셨더니
사십구잿날
하늘 가득 눈이 내려

이제야 술법을 익히셨는지

눈 내린 소나무 위로 새가 되어
하늘로 날아오르시니.

2부

허락 없이 숲에 눕다

꿈

나에게도 꿈이 하나 있지.

논두렁 개울가에
진종일 쪼그리고 앉아

밥 먹으라는 고함소리도
잊어먹고

개울 위로 떠가는
지푸라기만
바라보는

열다섯 살
소년이 되어보는.

허락 없이 숲에 눕다

구름 위로도 솔가지에도 아무렇게나 뿌려지는 가을햇살을 보며 나도 가던 길을 멈추고 갈참나무인지 굴참나무인지 알 길이 없는 낙엽들이 뒤엉켜 쌓여 있는 숲그늘에 털썩 눕는다. 쉬잇! 이미 가을 벌레들이 자리잡고 쉬고 있는 중이다. 여보게 설마 나더러 나가라고는 안 하겠지. 당신이나 나나 이 우주에서 허락 없이 할 수 있는 것이 몇 가지 되겠는가. 이 무진장하게 쏟아지는 가을햇볕이나 쬐다가 가세. 노린재 한 마리 벌써 내 옷소매 위로 올라앉는다.

우리 주변에서 볼 수 있는 새

마을 도서관에 갔다가
'우리 주변에서 볼 수 있는 새'라는 책을 펴보니
아무것도 보이지 않았다.

다시 보니
왼편에는 파랑새라고 점자로 씌어 있고
오른편에는 파랑새 그림이 점점이 박혀 있다.

맹인들이 '볼 수' 없었던 새들을
'볼 수' 있게 만든
빈 종이에는

막 바다로 날아오르는 괭이갈매기도 있고,
참새와 제비도 하얀 그림자로 날고 있었다.

무덤

봄날에 뒷산을 오르다
동그란 무덤 잔디 위에 누워보았네.

모든 것에 마지막이 있다는 것이
더없이 편안해 보였는데

무덤 앞에 비석조차 없어
누구를 사랑했는지
누구를 미워했는지
알 길도 없이

새소리만 들리는 것이
더더욱 맘에 들었네.

레퀴엠

죽음의 사자가 찾아오는
저녁 무렵,

저 서늘한 음악.

아내도 아이들도 다 나간 뒤,

나 혼자서 듣는
평안한 소리.

고리대금업자의 투자
—파도바의 스크로베니 성당에서

스크로베니는 파도바의 고리대금업자였대지.
아버지도 고리대금업자로 악명이 높아서
단테가 『신곡』에서 지옥에 갔다고 써버렸지.
겁이 난 아들 스크로베니는 성당을 헌납하고
멋진 그림을 조토에게 부탁했지.

성당 벽 그림에는
죄를 지은 자들이 지옥으로 끌려가서 불의 형벌을 받는데
스크로베니는 천상에서 성자들 옆에 무릎 꿇고
성모마리아에게 성당을 헌납하는 모습이 그려져 있지.

그가 천국에 갔는지는 아직 모르지만
그 그림을 볼 때마다 맘이 편했을 테니
고리대금업자의 투자는 확실한 성공이었으리.

카세드라

중세시대에 의대 교수들은 해부학 시간에
정장 차림으로 '카세드라'라는
높고 커다란 의자 위에 앉아
갈레노스의 해부학 교과서를 읽고 있었다고 했지.

조수는 시체를 해부하지만 책을 보지 못하고
교수는 책을 읽지만 해부를 안 하니
심장에 없는 구멍이 있다고 해도 어물쩍 넘어가고
없는 혈관이 있다고 써 있어도 대충 넘기다보니
천 년간 해부학은 한 걸음도 나가지 못했다 했지.

오늘 우리도 어느 카세드라에 앉아
없는 것들을 굳게 믿고 있거나
있는 것들을 못 보고 있는 것은 아닌지.

공자의 외로움

공자는 오늘도 수레를 타고 세상을 떠돈다네.

왕이시여,
덕과 인으로 나라를 다스리시면
어찌 백성이 따르지 않으리이까?
백성이 모여들면 나라의 부강도 자연히 얻어지는 법이옵니다.

호오, 좋은 말씀입니다.
이웃 나라에서 그런 현인을 찾는다고 들었소만
그 나라에 가면 환대받으리다.
다음에 또 시간 날 때 뵙지요.

게 아무도 없느냐?
병법과 무예에 능한 인재를 구해오너라.
그리고 세금 잘 걷는 관리와
말 안 듣는 놈들에게 법의 무서움을
가르쳐줄 충직한 신하를 구해오너라.

수락산 옥계폭포

비 올 때만
폭포가 된다고 한다.

나도 마찬가지.

사랑할 때만
우렁우렁 폭포가 된다.

한단(邯鄲)의 꿈*

수천 년 오래된 도시 한단(邯鄲)역에 내렸다. 잠결에 일어나 버스가 오기를 기다리는 동안 홀연 도사 한 사람이 나오더니 결혼도 하고, 애도 낳고, 안 굶어죽고 이곳 한단까지 온 것 보면 잘 지내는 것 같다고 말을 건넨다. 우리 사는 인생 팔십이 조(粟)로 짓는 밥이 익지 못할 만큼 짧은 시간이라고 하면서 나머지 꿈 잘 꾸고 오라고 허허 웃으면서 사라진다.

* 한단지몽(邯鄲之夢) : 당나라 현종 때 한단이라는 곳의 어느 주막에서 노생이라는 사람이 잠을 자다가 꿈속에서 팔십 평생을 살고 돌아왔는데 깨어보니 조(粟)로 짓는 밥이 아직 익지도 않은 순간이었다고 한다. 인생의 무상함을 비유한 말이다.

삼백만 년 전 그 여인

아프리카 에티오피아 화산재 위에 발자국을 남긴 여인.
어떤 남자와 나란히 걷다가 왼쪽을 슬쩍 보았다는 여인.
네 발이 아니고 두 발로 걸었던 최초의 여인.

한번 만나보고 싶은 여인.
그때 왜 왼쪽을 보았느냐고
화산이 터지면서 무서웠던 거냐고
옆에 가던 남자를 사랑했었느냐고

그 시절에도 미래에 대한 두려움과
쓸쓸함은 있었던 거냐고
그때 소망이 뭐였더냐고
묻고 싶은 여인.

온달장군의 죽음

장군은 신라에 뺏긴 땅과 백성들을 찾지 않으면 돌아오지 않겠다고 맹세하고 떠나 아단성(阿旦城) 아래에서 싸우다가 쏟아지는 화살에 맞아 쓰러져 죽었다. 장사를 지내려 하였는데 상여가 움직이지 아니하였다. 평강공주가 와서 관을 어루만지면서 말하기를 "죽고 사는 것이 이미 결정되었으니, 아아 돌아갑시다!" 하였다. 드디어 관이 움직여 장사지내니 백성들이 듣고 몹시 슬퍼하였다.

항암치료 끝나면 2학기 복학한다던 동생이 열일곱의 나이에 백혈병으로 죽던 날 아버지는 "나 못 올라가, 나 못 올라가" 외마디소리처럼 외치시고 끝내 막동이의 죽음을 보지 못하셨다.

화장실 찔레 화분

병원 삼층 화장실
세면대 옆에

누가 놓고 갔나,
조그만 찔레 화분.

너무 이뻐서,
주인 몰래 오늘도

물을 주고 돌아왔다.

새가 날아간 새벽

새벽녘 아내가 잠결에

"새가 날아가버렸어.
새가 날아가버렸어.
길을 잃었어……
다들 도착했는데……"

아내가 잃어버린 길은 어디로 이어진 길이었을까?
혹시 아이들 손잡고 노을 지는 들길 바라보는
소박한 것들은 아니었을까?

꿈속에서 나는
어디에 있었던 것일까?

엘니뇨 귀신은 물렀거라

페루에서 굿이 열렸다.
사람들이 예수상을 들고
홍수로 목숨을 열한 명이나 앗아간 강가에 모였다.
무당이 막대기로 강물을 치며,
홍수귀신과 엘니뇨 귀신을 쫓아낸다.

갑오년에도
일본군의 총탄이 피해가는 부적을 써붙이고
동학군이 공주 우금치로 진격한 적도 있었다.

막대기에 물살이 부서진다.
막대기는 엘니뇨를 물리친다.
막대기는 강물을 다스려서 홍수를 막는다.
동학군은 이십만이 전사했다.
그날 우금치 고개에도 페루처럼 햇살은 좋았을 것이다.

3부

폐경기 여성

해골

멋쟁이 아가씨가 머리를 다쳐서 찾아왔다.

엑스선 사진을 찍었는데,
자기 두개골 사진을 보더니
"어머," 하고 소리친다.
"내가 저렇게 생겼어요?"

"죽으면 이런 뼈조차도 썩는 법이지요."
"…………"

김부귀씨

군산 앞바다 선유도에서 일산까지
암 진단 받으러 오셔서
바람도 살랑 부는 암센터 잔디밭에 앉아
링거 맞으면서
지나간 일을 이야기하다가

"위암 재발한 줄 알았더니
이번에 조직검사가 위암이 아니라고 하니까
이것도 저것도 암것도 아니라고
그냥 집에 가버리라고 하면 좋겄어요."

아 인생, 그 고달픈 것들이
이것도 저것도 암것도 아닌 것으로 드러나서
그냥 고향으로 가버릴 수만 있다면
나도 좋겠구나 생각하는데

오월의 훈풍이 마침 불어
김부귀씨 머리칼을 흩날리다가

다시 못 올 시절로
구름만 몰고 간다.

유귀복

나가 어릴 때 말요
결핵에 걸렸는디 말요
그때가 오죽 가난헝게
영양부족이더란 말요
근디 말요 우리 할아버지가
고기를 몇 달째 구워주셔서 맛있게 먹었단 말요
근디 그게 나중에 알고 본게
쥐를 잡아서 구웠더란 말요
할아버지가 끝내 말을 안 허시고
나한테 영양보충시키신 거란 말요
요즘 사람들은 믿도 않을 거지만
그리서 내가 살어났더란 말요

영안실

중학교 친구한테서
전화가 왔다.

아버님이 돌아가셨는데
영안실을 못 잡았다고,
너희 병원 영안실은 비어 있느냐고.

돌아가셔도
가실 곳이 마땅치 않으신 모양이구나.

시골집 팔고 올라와
시흥동 어디 딸네 집에
얹혀사시면서

낮에는 파고다공원으로
어린이대공원으로
피난다니신다더니.

폐경기 여성

마흔일곱 된 폐경기 여성에게
폐경을 설명한다.

폐경이 오면 얼굴이 달아오르고,
뼈가 약해지고,
부부관계를 하면 아래가 건조해서 불편해지고……

저 아직 독신이에요.
네에……? 이런!

그녀도 나도
얼굴이 달아오른다.

유상훈

뇌출혈로 서른일곱에 쓰러진 뒤
의사가 손을 잡아주고 격려해주면
그날은 운동도 열심히 하고

의사가 환자 듣는 데서,
이 정도로는 잘해야 식물인간이 될 뿐이라고 말하면
그날은 우울해서
종일 운동도 안 하고,
맥이 풀려 하루를 지낸다.

운동하다가 방귀를 뀌었는데
물리치료사 아가씨가
"좋아요, 방귀도 잘 뀌어야
건강에도 좋고, 운동도 잘돼요" 하고 칭찬해주면
그날은 없는 힘도 내어서 팔운동을 한다.

이상수

온종일
기계만 보고 살죠.

십팔층 빌딩 전체의
전기, 환기 시설 점검하는 일인데

지하에서
라디오 하나 켜고
깜박이는 불빛들을 들여다보는 게 일이죠.

힘은 하나도 들지 않는 일인데
가슴이 울렁거리고,
터질 것 같애요.

의사는 엑스레이도 좋고
검사도 다 정상이니
걱정 말라고 하는데,

죽을 것같이 답답해서
어디로 멀리
도망갔으면 좋겠어요.

롱다리

아프리카 어떤 부족은
여자가 초경이 지나면 예뻐지라고
아랫입술을 찢어 길게 늘어뜨리고
아랫니를 네 개나 뽑은 뒤
그 사이에 진흙으로 구운 원판을 끼운다.

한국의 청소년들은
롱다리가 좋다고
다리뼈를 열 번씩 부러뜨리며
육 개월 동안 입원해서
키를 십 센티 늘인다고 한다.

4부

죽은 금동이 안 오다

최낙운

낙운이한테 전화 왔다.
임진강 근처라고
사업은 안 되고
봉고차를 몰고 와서 철망에 박아버렸다고
이제 갈 곳도 없다고
왜 우리가 이렇게 살아야 하는지
차라리 아무것도 모르는 철새들이 부럽다고

나도 네가 있는 곳으로 찾아가
철망에 차를 박고
철새나 보고 싶구나.

나라고 남은 게 뭐가 있겠냐고,
내 인생도 온전한 게 얼마나 있겠냐고,

자전거 천천히 달리기대회

중학교 운동회날
동네 어른들을 위해
자전거 천천히 달리기대회가 열렸다.

쌀가게 아저씨도 참가하고
우체부 아저씨도 끼어들었는데

구름리 신동수 아저씨가
구름보다도 천천히 달려서
일등을 하고

소보다도 느릿한 함박웃음을 띠면서
솥단지라도 하나 타갔던가
그 가을날.

죽은 금동이 안 오다

마흔 살의 고등학교 반창회
김연수 안 오고, 강성만 안 오고, 김광식 안 왔다.

양해종, 중학교 때부터
뚝방으로 처갓집* 다녔다고
김성택이 까발리고

정영진, 고3 크리스마스날 밤 영생여고 여학생들과
전주극장 골목에서 미팅하다 걸려서
담임이 마감 한 시간 전까지 원서 안 써줘서 고생했다.

죽은 금동이는 연락도 없고,
반장 하던 천수는
결석한 친구들 집에 찾아가보라고 해서
고3 때 공부 못했다고 아직도 기분이 상해 있다.

* 처갓집 : 창녀촌의 속어.

인생은 짧고 예술은 길다

고등학교 시절 어떤 사진사가
"인생은 짧고 예술은 길다"며
명함 사진 여덟 장을 나뭇잎 모양으로 빼주는데
절반 가격에 모시겠다고 했었지.

웬 잡상인이 아침부터
교실에서 시끄럽게 한다고
인상을 잔뜩 찌푸렸는데
그때 사진사 말 듣고,
한 장 찍어둘걸 그랬어.

병원 마당에 가을비 흩뿌리고,
은행잎 한 장 내 어깨에 떨어지니
나뭇잎 모양으로 박혀 있는
열일곱 살 내 얼굴도 그리워지나니……

충혼탑

육이오 때 학도병으로 나갔다가 죽은
선배들을 모셨다는
충혼탑 기억나지.

전쟁 직후 우리 학교에서
국어를 가르쳤다는 서정주 시인이 비석에
"천둥으로 울고 벼락으로 부서진 영령들이여"
이렇게 써놓았더랬지.

찬바람 불던 11월,
대학입학 예비고사에 떨어졌다고
충혼탑 옆의 히말라야시다 나무를 붙들고
울던 선배들은 지금 어디 갔는지.

천둥으로 울고
벼락으로 부서진 청춘들이여!

강홍근

고등학교 때는 항상 잘 웃고 똘똘해서
친구들한테 인기가 높았는데,
서울공대를 졸업하고는
인생에서 무엇이 중요한지 알고 싶다고
신학대학을 택했다고 했지.

신학에도 도그마가 판쳐서
생각했던 것과 다르다고 신학대학도 그만두고
한때는 경실련 군산지부에서 열심히 일하기도 했었지.

아내가 늦게 간호대학에 다니는 동안
학비를 벌어야 한다고
신문배달을 하면서
배달은 속임 없는 노동이라고
자랑스럽게 말했었지.

친구들에게 전화해서
세상에 대해서 비판하면

"야, 너 아직도 그런 고민으로 시간 보내냐?
나 지금 바빠. 쓸데없는 소리 그만두고
나중에 시간 있을 때 만나자"면서
전화를 끊는다고 분노하고 비통해했지.

아내와 함께 독서실을 운영하던 너는
어느 날 가출해서 아내에게
"너를 사랑한다"고 세 번을 전화하더니
목을 맨 시체로 발견되었다지.

세상이 거짓투성이라고 고민하면
국회에 나가라고 비아냥대고,
부정부패를 뿌리째 뽑아야 한다고 분노하면,
비현실적인 이야기라고 들은 체도 하지 않던
친구들이 이제는 조용하구나.

그때는 살기가 힘들어서
피붙이 하나 남기지 않았다고

아기를 지운 것을 후회하는
눈물짓는 너의 아내 앞에서.

고교 졸업 이십 주년 행사

달라지지 않은 점은 교장선생님 축사가
내용도 없이 지루했다는 것이었고

달라진 점은
칠백이십 명 중 벌써 세상을 떠난 열두 명의
죽은 동창을 위한 촛불행사가

문득,
숙연했다는 점이었다.

김진표

아버지가 젊을 때 바람나서
부모님이 같이 찍은 사진이 한 장도 남지 않았다고

배화여고 시절 꽃다운 어머니 흑백사진 한 장과
손자를 안고 찍은 아버지 사진을 들고 와서
부모님 사진을 컴퓨터에서 합성해달라고
찾아왔다.

배경으로 버드나무 휘영청 날리는 연못을 넣고,
여고 시절의 어머니와
오십은 되어 보이는 아버지 사진을 합성해놓고
원조교제하는 사진 같다고 놀렸더니
웃다가 영업 나간다고 툴툴 털고 나가는 녀석.

나이 사십에 아직 장가도 가지 않고
혼자 사는 방 안에
부모 사진 걸어놓고
개인택시 기사가 제일 속 편하다고

쉬는 날 한잔하자고 전화하는 초등학교 적 친구.

편지 한 통

소년○○일보를 보내주신 아저씨께!

저는 금성국민학교 5학년 1반이고요. 저희 학교는 학년마다 1반만 있어요. 신문이 오면 먼저 점용이가 신문을 배달해요. 그러고 나면 우리들은 신문을 펴고 만화를 읽거나 문제를 풀어요. 아저씨께서 이 편지를 읽고 섭섭해하실지 모르지만 사실 저는 맨 처음에 한 번 빼고는 한 번도 그 신문을 보지 않았어요. 그 이유는 시험이라 문제지에만 매달렸어요. 정말 죄송해요. 우리 선생님은요, 아저씨를 고맙게 여기라고 아침 조회시간에 몇 번이나 말씀하셔요. 아저씨에 은혜는 잊지 못할 거예요. 그럼 이 추위에 몸조심하시고요. 불쌍한 사람들 많이 도와주세요. 아저씨, 그럼 안녕히 계세요. 1989년 11월 27일 김주희 올림.

어느 신문에 내 기사가 실렸다는 죄로
'벽지어린이 신문보내기운동'에
반강제적으로 기부금을 냈다가
연필로 꾹꾹 눌러 쓴 편지 한 통 받았다.

신문사에 대한 감정 때문에
답장도 하지 않았고,
그 아이가 부탁한 대로
불쌍한 사람들 돕지도 못했다.
지금은 고등학교도 졸업했을 그 아이에게
팔 년 동안이나 미안함으로 남아 있는
서랍 속 먼지같이 고요한 편지.

칠성각에서 한철

의과대학 시절이었으니
지금부터 이십몇 년 전이었던가.
세상은 매운 먼지 속 같고,
인생은 안개 속 같아

스님 한 분에
절집의 일을 도와주는 한 가족밖에 없는
위봉사라는 허름한 절의 칠성각에 둥지를 틀고
칠성님과 함께 겨울 한철을 지냈는데

고요한 밤에
불기도 없는 차가운 법당 마루에 무릎 꿇고 부처님께 물었지.

당신이 해탈했다고 하는데 정말
우리 인간세상의 모든 고통을 다 알고 하시는 말씀인가요?
그런 고통을 정말 모두 이겨내신 것인가요?
혹시 한두 가지 번민에서 벗어났다고
해탈한 것으로 착각하신 것은 아니었던가요?

과묵하신 부처님은 아무 말씀이 없어
그랬다는 말씀 같기도 하고,
네가 왜 그런 소리 하는지 다 안다는 말씀 같기도 하고

발 시린 절간 마당에
보름달이 푸르게 비추던 날.

눈 내리는 소리

정월 대보름이 되어
마을에는 여기저기 쥐불놀이가 한창이고
싱숭생숭한 사람들이 칠성각에 모였다.

고시공부한다고 들어왔다가
절집의 사무장 노릇하던 박처사가
귀동냥으로 배운 당사주를 봐준단다.
후분이 좋다는 말 믿은 것도 아니지만
기분으로 한턱낸다고 묵을 사서 나눠 먹기도 했는데

마흔 다 되어 회계사 공부하겠다고 찾아온 이씨는
공부는 안 하고 두런두런
매일 겨울바람과 겨울햇빛만 쐬고 있었는데

어느 깊은 밤,
혼자 『시인과 혁명』이던가, 『예술과 철학』이던가
풀리지 않는 책을 읽어나가는데
뒷산 숲에서 푸슬푸슬

다시 가만히 들어도 푸슬푸슬

신발을 끌고 나가봤더니
아뿔싸, 싸락눈이 마른 잎에 떨어지는 소리
깊은 인생길,
마른 잎에 눈 내리던 소리.

묵은 편지

오스트리아로 공부하러 떠난 후배가
"도나우 강변으로 놀러 오십시오" 하고 써보낸 편지도 있고

"천승세 선생님
올해도 강건한 필력 보여주십시오" 하고 써놓고
못 보낸 내 편지도 있고,

건성으로 제약회사에서 받은
"근하신년" 연하장들도 쌓여 있고

왜 받았던지,
왜 썼는지,
기억도 가물가물한 묵은 편지들……

5부

로렌

당숙의 귀향

못난 제가 왔습니다.
미국에서 하이, 땡큐, 원더풀
머리핀도 팔고, 장갑도 팔고 있습니다.
한번 오기가 이렇게 힘들었습니다.

갈바람에 억새꽃 흩어지듯 김포공항을 떠난 뒤,
팔 년 만에 어머니 무덤 찾아
노을 지는 고향 언덕에 무릎 꿇었습니다.

출렁출렁 어깨는 물결치고
"자네 인제 일어나소……"
사촌형이 일으켜세우자

벌게진 눈으로 일어나는
풀여치 한 마리.

로렌

한국이 지금 몇시인지
하루에 다섯 번씩 생각한다는
로렌은 한국인 입양아.

두 살 때 입양가서
보스턴 근처에 살고 있는
로렌은 피아노도 배우고 발레도 배우고
엄마에게 매달려 어리광도 잘 피우지만

스무 살이 되어
한국 이름 '김정순'을 찾아들고
고국을 찾아올 때는
슬픔을 배울 것이네.

친부모가 누구인지,
왜 자기를 버렸는지를 알고 싶을 때.
아니, 그 모든 것을 이해하니
그냥 얼굴 한번 보고 싶었을 뿐이라고 찾아올 때는.

케이시 선생님

강이가 미국 초등학교를
1학년 마치고 떠나올 때
반 아이들 모두에게 태극기를 그리고
한마디씩 작별의 인사말을 쓰라고 하셨던
케이시 선생님.

너는 나의 멋진 학생이었다고,
안전하고 즐거운 여행 되라고,
언젠가 다시 만날 것을 믿는다고……

파리똥 열매

오줌이 마려워서
미국 고속도로변에 차를 세우고
잠시 실례하다가
뜻밖에 발견한 파리똥 열매.

모악산 기슭
할아버지 산소 옆에서
언제 태평양을 건너왔을까.

혼자 먹기 아까워서
한 움큼 따다가
아내와 아이들도 나눠먹은
파리똥 열매.

문석남 할아버지

미군과 결혼한 딸을 따라
미국에 건너와서
독신 아파트에 사는 문석남 할아버지.

달력을 사고 싶어
가게에 가서 "카렌다"라고 아무리 말해도
직원은 눈만 크게 뜨고 고개를 갸웃거리더란다.

1부터 7까지 쓰고,
다음 줄에 8부터 14까지 쓰고
다음 줄에 15부터 21까지 써나가자
"오, 캘린더" 하면서
달력을 꺼내주더란다.

"일본에서 학교도 다니고
교육도 받고 했십니다만
영어를 아리야지 뭘 해묵지?
안 기리씹니꺼?"

피츠버그 병원

에이즈 걸린 흑인 소녀의
덜덜거리던 시보레 자동차 뒤로
봄눈 녹은 호수의
맑은 물소리.

그 소리 뒤로
누렇게 빛바랜
열다섯 살
죽은 이모의 얼굴.

김희권씨

미군과 결혼한 딸이 초청해서
미국에 건너왔는데,
하이웨이를 '하잇길'이라고 하고
소셜 시큐리티*를 '소시끼리'라고
주체적으로 바꿔 사용한다.

미국시민권 얻어서
사회연금 받는 게 소원이라서
미국이 몇개 주인지
미국의 대통령은 누구인지
매사추세츠 주의 주지사가 누구인지
영어학원 다니면서 암기하시는데

속초에서 약방 하는 큰형님 이야기가 나오면
형제만 남한으로 내려왔는데
작년에 수술을 받으셨다는 형님과
살아서 언제 한번 더 볼 수 있을까
거실에 걸린 태극기를 보며 눈시울 붉힌다.

* 소셜 시큐리티: 미국 정부에서 제공하는 사회보장제도.

앤느

미혼모 아이로 벨기에로 입양되어
결혼도 하고, 돌 지난 아이가 있는 앤느.
이미 가족이 있으니 친부모 만날 필요 없다고 한다.

이순신 동상 앞에서 저 사람이
이 나라를 일본으로부터 지킨 위대한 장군이라고
사진이라도 한 장 찍으라고 해도 별 반응이 없다.

남산타워에 올라가서
벨기에 방향표시와 국기를 보면서 기뻐하는 앤느가
벨기에 사람이라는 것을 깨닫는다.

그러나 그것만은 아니었던가.
동대문시장에서
고운 녹색 한복 한 벌 사서 맞춰입고는
빙글빙글 돌면서 얼마나 좋아하던지.

광화문도 남산도 동대문도

빙글빙글 돌면서.

방울새가 없는 풍경

누런 밀밭과
키 큰 포플러들이
바람 따라 길게 뻗은 시골길.

버스를 잘못 내려
갑자기 걷게 된
서양의 작은 마을.
방울새가 나를 안내한다.

축구하러 나간 빈 교실에는
책상만 싱싱하고
아이들의 웃음소리는
꿈결같이 흩어진다.

먼 곳 쥐라 산맥은 햇빛에 겨워
지금까지 뭘 바라 살아왔는지 버거워하는
마흔아홉 동양 사내의 시름은
아랑곳하지 않는다.

언제 방울새들도 떠났을까.
밀냄새만 남은 들길에.

6부

사랑의 무법자

북한 어린이 비디오

캐나다 곡물은행이 찍었다는
뼈만 남은 아이들이 누워 있는
북한 어린이 비디오를 본다.

"왜 아이들이 울지 않지요?"
"울어도 소용없다는 것을 이미 알았기 때문이지요."

캐나다 의사의 해석은
너무 철학적 아니었을까?
그들은 울 힘조차 없어 보였다.

사랑의 무법자

어떤 초등학교 학생이 학급회의 시간에
북녘 동포 돕기를 하자고 제안했고,
초롱초롱한 눈망울의 아이들은 너도 나도 찬성했네.
그러나 담임선생님은
그것은 금지되어 있다고 쐐기를 박았네.

남한의 법에는 이렇게 씌어 있네.
북녘 동포를 함부로 도우면 안 된다고
학교에서 모금운동을 해서도 안 된다고
적십자사를 통하지 않고는 절대 불가라고
비료를 보내도 안 되고
의약품을 보내도 안 된다고.

적십자사를 통해서는 옥수수 오만 톤밖에 보낼 수 없어서
다른 경로를 통해서 식량을 보냈다고
전국연합에 압수수색영장이 내렸고,
모금의 일부를 경비로 사용했다고
우리민족서로돕기 운동본부에도 압수수색영장이 내렸네.

그러나,
북녘의 어린이 한 명이 나 때문에 살 수 있다면
영양결핍과 야맹증과
각기병과 괴혈병과 구루병에 시달리지 않아도 된다면
이 한 몸 불법을 저지르고 끌려갈 용기는 있네.

북녘 동포 만 명을 살릴 수 있다면
남녘 동포 만 명이 나설 것이고,
북녘 동포 이천만 모두를 살릴 수 있다면,
신부님도, 스님도, 목사님도,
의사도, 약사도, 한의사도, 치과의사도,
가정주부도, 어린아이도,
이 나라의 제비와 참새 들까지
사랑의 무법자가 되어
우리가 먹던 밥이라도 기꺼이 덜어 보낼
뜨거운 용기가 있네.

최재형

함경도 농민의 아들로 태어나
배고픔을 참지 못해 아버지 손에 이끌러
러시아 연해주로 건너갔다던가.

러시아인 선장 부부의 도움으로 공부를 한 뒤
사업 수완이 좋아 큰돈을 벌었는데
해준 것 없는 조국이지만 나라의 독립을 위해
신문도 만들고 의병운동 후원도 하고
안중근 의사가 체포되었을 때 러시아 변호사를 대기도 했는데

일본군이 쳐들어와
신변이 위태로워지자 딸들이 도망칠 것을 권했는데

"일본놈들의 잔악한 수법을 잘 알지 않느냐?
내가 도망치면 나의 피신처를 알려고
너희를 잡아다 고문을 할 터인데
나는 늙었지만 젊은 너희들이 살아야지.

차라리 내가 죽는 게 낫다"면서 남았는데

일본군은 불법적으로 납치해서 살해하고
시체조차도 건네주지 않았고
목숨 걸고 복수하겠다던 딸들도
끝내 복수를 하지 못했지만.

우수리스크의 바람에는 그가 살아 있다.
수이빈 강물에도 그는 살아 있고,
발해 성터 도라지에도 그는 살아 있다.

10월 유신

중학교 2학년 때 10월 유신이 만들어지자
오히려 늦은 감이 있다고
교무주임 선생님께서도 강조하셨지.
필리핀의 마르코스도 부러워한다고.

한국적 민주주의 우리 땅에 뿌리박자!
지지하자 10월 유신 참여하자 국민투표!
너도 나도 투표하여 10월 유신 이룩하자!
통일 위한 구국영단 너도 나도 지지하자!

큰형 약국에 붙이라고 가져온 표어들을
몇 장 슬쩍해서 내 일기장에 꽂아두었지.
아무리 보아도 민주주의에 들어맞는
구호 같지 않았기 때문에.
언젠가 역사의 증언이 될 것으로 믿었기 때문에.

고문과 학살과 일인독재의 시대가
태평성대였다고

박정희 기념관을 만들겠다고
여기저기서 떠들어대니

일기장 구석에 이십구 년째 숨어 있던 표어들을 꺼내어
광화문 네거리에
플래카드로 다시 걸어놓아야겠네.

국회를 대통령이 맘대로 해산하고
국회의원 삼분의 일을 대통령이 임명하고
이게 싫다고 말하면
고문하고 구타하고, 감옥에 처넣던 시절이
그렇게 좋았더냐고.

홍창의

임진강에서
북한 어린이 돕기를 위한
걷기대회가 있었다.

“우리가 도우러 갈 때까지
북한 어린이들이
살아 있기만을 기도합시다.”

황해도 황주에서 태어나
소아과 의사로 어린이 건강을 위해 평생을 일하신
백발의 노교수 말씀에
임진강 잔물결도 눈물이 핑 돌았다.

사당동 산 24번지 철거민

—김하경님의 글에서

미영이 엄마 생각나세요? 최둘래 말예요. 억척스레 철거지역을 돌아다니며 딱지를 모아갖고, 요새는 집도 장만하고 떵떵거리며 잘산대요. 전에도 머리 하나는 비상하게 잘 돌아갔잖아요? 그리고 참, 송복자라고 그 끼 많던 새댁은 ○○동 철거대책위 총무하고 바람나서 결국 남편과 헤어졌대요. 그리고 게임방 하던 얌전한 아줌마 있죠? 성완이 엄마라고 완전히 교회에 미쳤다나봐요. 또 왜 황총무, 그놈은 대림아파트에 취직이 됐대요. 재개발조합 들락거리며 형사랑 술 처먹고 다닐 때 알아봤어야 되는 건데……

저요? 전 이번에 전국건설일용노조 부위원장 됐어요. 잘되긴요? 두일이가 고3인데, 걱정이 태산인걸요…… 참, 다른 게 아니라 해팔이 추모식 말예요. 그럼요. 벌써 오주기인걸요. 이번엔 전부 다 온다고 했어요. 꼭 참석하셔야 돼요……

지장보살

자가용이 줄지어
들어오는 도선사에서

모든 중생이 부처가 될 때까지
성불도 미루시고

헐벗은 자들에게 옷을 벗어주고
부끄러워 땅에 숨으신 지장보살.

올해 부처님 오신 날 연등이
삼천 개라고 자랑하는 스님 뒤에서

오늘도 옷을 벗는 지장보살.

취학통지서

큰아이 취학통지서를 받으니
어떤 엄마가 가슴이 철렁하더란다.

아이 손을 잡고 입학식 가던
아침 이슬 같은 두근거림은 사라지고

수학은 어떻게 시켜야 할지,
영어는 언제부터 시작해야 할지,
중학교는 어디로 보내야 할지,
논술은 어떻게 시켜야 할지.

다음 중 간(肝)의 색으로 맞는 것은?

간의 색이 황갈색인지 적갈색인지를 묻는
중학생 딸의 생물시험 문제를 보고
복강경 수술을 하느라 살아 있는 사람의 간을 삼천 번이나
본
의대 교수가 답이 뭔지 헷갈리더란다.

책가방은 날로 무거워지고
학원 스케줄은 점점 빽빽해지는데
왜 그걸 알아야 하는지
화가 나더란다.

인순이

김소월의 실버들을 멋들어지게 불렀지만
동경가요제에 혼혈아가 낀 희자매는
한국을 대표할 수 없다고 해서 출전도 못 했다고
지금도 울먹이는 인순이는

딸이 미국 국적을 갖도록 하려고
욕 먹어도 좋다고 미국 가서 딸을 낳았는데
아이를 낳자마자 피부색부터 보았는데
다행히도 살색이어서 안심했단다.

북한 어린이 돕기 콘서트에 나와서
혼혈아든 북한 어린이든
아이들이 무슨 죄냐고 노래를 불렀는데
언니 같기도 하고 엄마 같기도 하고
연인 같기도 했다.

청계천 비둘기

청계천 고가도로 밑에는
비둘기들이 산다.

중앙극장에서
영화보고 나오는 사람들이
떨어뜨리고 간 팝콘 조각을 먹다가
오토바이 소리에 놀라
푸드드드 고가도로로 숨어든다.

백 미터만 날아가도
푸르고 울창한 남산이 있는데
때 묻은 날갯죽지를 부비며
자동차 소음 들으며 고가 밑에 산다.

어린 소나무에게

바람이 불어서 미안하다.
눈송이가 날려서 미안하다.

2월의 아침 산책하다가
떡갈나무 사이로 비치는 햇살을 가려서 미안하다.

반야봉

아스팔트를 쓸던
청소부 아저씨들이
나무를 흔들고 발로 차
남은 은행나무 이파리까지
다 쓸고 떠난 날

나는 반야봉 갈참나무가 되고 싶었다.

지리산 하늘 위로 우뚝 솟아
누구에게 가을햇살을 구걸하지도 않고
아쉬운 소리 할 것도 없이

나뭇잎
하나
둘
숨쉬듯
떨어지던
반야봉 갈참나무.

핸드폰 일정표

내 인생이 매일매일 핸드폰에 적힌
일정에 따라 움직이는 느낌.

이대로 내가 죽으면
내 시신 옆에 일정표가 붙어 있겠지.

내일 입관식 몇시.
모레 영결식 몇시.
하관 몇시.
삼우제 몇월 몇일 몇시.

| 해설 |

청안(淸安)의 시학

유성호(문학평론가, 한양대 교수)

서홍관 시편의 외관은 시인 자신의 청안한 눈빛을 고스란히 닮았다. 글자 그대로 맑고 평안하다. 그의 시편들은 까다로운 의미론적 유추를 필요로 하지 않으며, 그렇다고 대중적 감상(感傷) 취향에 노출되지도 않는다. 그의 초기 시편을 두고 "맑고 깨끗한 이미지만이 수채화처럼 드러나 있는"(신경림) 세계로 평가한 것은, 이번 시집에도 적실하게 들어맞는다. 실로 오랜만에 상재하는 이번 시집에서 시인은 맑고 평안한 고백과 성찰을 통해 우리로 하여금 서정시의 오래된 본령과 만나게 해준다. 그만큼 서홍관 시편들은 잡답(雜沓)이나 난해와는 거리를 두고 있고, 그럼으로써 간결함과 구체성을 가장 중요한 자산으로 하는 세계를 구성하고 있다 할 것이다.

이번 시집에 실린 서홍관 시편들의 가장 직접적 전경(前景) 가운데 하나는 '어머니'에 대한 기억과 추회(追懷)에 있다.

살아 계셨을 때의 기억과 돌아가신 후의 느낌을 담은 시편들이 시집 맨 앞쪽에 배치되어 있는데, 이는 아마도 시인이 각별한 무게를 얹어 배치한 구도일 것이다. 이처럼 시인의 시적 원천인 '어머니'는, 초등학교 때 어머니날 선물로 "전주 남부시장을 열댓 바퀴 돌면서/골랐던 그 꽃무늬"(「꽃무늬 손수건」) 손수건에 대한 기억을 통해 시집 안쪽으로 호명된다.

어머니 상경하실 때는
아들 주시려고
동치미 국물과 김치와 깻잎과 무를 가져오시고

귀향하실 때는
집에 있는 개 주신다고
생선뼈와 고기찌꺼기를 담은
비닐봉지를 가져가신다.

—「보따리 열네 개」 중에서

갑자기 어머니가 아무렇지도 않게 툴툴 털고 나오셔서
웃으면서 한 말씀 해주시는 것 같다.
"뭔 일로 늬들이 다 뫼았냐
어서 집에 가서 밥이라도 먹자."

그래요 어머니, 우리는 슬플 일도 없어요.

어머니와 함께한 지난날들은 따스했어요.
제가 말씀드렸던가요?
어머니를 어머니로 만난 것이
내 인생의 첫번째 행운이었다고
저와 함께해주신 지난날 감사드려요.

—「어머니, 하관하던 날」 중에서

앞의 시편은 어머니의 지극 정성을 물리적으로 재현하면서도, '집 떠난 아들'과 '집에 남은 개'의 암시적 대조를 통해 어머니에 대한 죄스러움을 담고 있다. 어머니의 정성이 지극하면 할수록 '집 떠난 아들'은 다시 귀향하시는 어머니의 뒷모습을 잊지 못하기 때문이다. 뒤의 시편은 전주 모악산 기슭에 어머니를 모시던 날을 재현하고 있는데, 이승에서의 작별을 고하는 풍경으로는 한없이 고요하고 평안하기만 하다. 그후 '어머니'는 "봄마다 쑥 캐던 만경강 언덕처럼/냉이꽃도 할미꽃도 피어 있는 알프스"(「알프스 냉이꽃」)에서도, "자작나무숲 위로/숨죽이며 반달 하나"(「시베리아 열차」) 떠오르는 시베리아 열차에서도, 새벽 강가에 날고 있는 "빈 연"(「빈 연(鳶)」)에서도 두루 발견된다. 그야말로 상상적 편재성(遍在性)을 가지게 된 것이다.

이처럼 서홍관 시편의 수원(水源)은 "어머니를 어머니로 만난 것이/내 인생의 첫번째 행운"이라고 고백하는 어머니에 대한 간결하고도 구체적인 기억에 있다. 그 기억들은 한편으로는 “논두렁 개울가에/진종일 쪼그리고 앉아//밥 먹으라는 고함소리도/잊어먹고//개울 위로 떠가는/지푸라기만/바라보는//열다섯 살/소년이 되어보는”(「꿈」) 꿈을 부여하기도 하고, 다른 한편으로는 “모든 것에 마지막이 있다는 것이/더없이 편안해”(「무덤」) 보이는 묘에서 “평안한 소리”(「레퀴엠」)를 듣는 평화로움을 허락하기도 한다. 이러한 시인의 맑고 평안한 시선이 외부로 확장될 때, 그것은 크고 단단한(macro hard) 사물들이 아니라 작고 여린(micro soft) 사물들을 향하게 된다.

병원 삼층 화장실
세면대 옆에

누가 놓고 갔나,
조그만 찔레 화분.

너무 이뻐서,
주인 몰래 오늘도

물을 주고 돌아왔다.

—「화장실 찔레 화분」 전문

근무하는 병원 화장실 옆에 누가 놓고 갔는지 모를 “조그만 찔레 화분"을 무심치 않게 바라보고, 그게 "너무 이뻐서" 몇 번이고 물을 주고 돌아오는 따뜻한 마음이 바로 서홍관 시편의 가장 깊은 원천이다. 이때 우리는 비록 그가 "사랑할 때만/우렁우렁 폭포가 된다"(「수락산 옥계폭포」)는 야심찬 고백을 한다 하더라도, 그의 언어가 "미안함으로 남아 있는/서랍 속 먼지같이 고요한 편지"(「편지 한 통」)처럼 작고 여린 것들을 보듬으면서도 끝내는 그 마음을 드러내놓고 말하지 못하는 데 근접해 있다는 것을 안다. 이처럼 비근한 사물들을 간결하고 구체적으로 되불러, 대상에서 느끼는 매혹과 연민을 결합하고 있는 시인의 마음은, 이역에서 피어난 작고 여린 생명에까지 가 닿게 된다.

오줌이 마려워서
미국 고속도로변에 차를 세우고
잠시 실례하다가
뜻밖에 발견한 파리똥 열매.

모악산 기슭
할아버지 산소 옆에서
언제 태평양을 건너왔을까.

혼자 먹기 아까워서
한 움큼 따다가

아내와 아이들도 나눠먹은
파리똥 열매.

—「파리똥 열매」 전문

시인은 우연히 미국의 고속도로변에서 마주친 "파리똥 열매"에서 "모악산 기슭"을 떠올린다. 태평양이라는 공간을 건너, 오랜 격절(隔絶)의 시간을 지나, '지금 여기'에 존재하는 이 작고 여린 열매들을 두고 "혼자 먹기 아까워서/한 움큼 따다가/아내와 아이들도 나눠먹은" 시인의 마음이야말로, "조그만 찔레 화분"에 매혹되고 마는 마음과 결국 같은 것이다. 이렇게 일관되게 작고 여린 것들을 향하는 서홍관 시편들이 우리 주위에 편재(遍在)해 있는 사회적 타자들로 하나하나 확장되어가는 것은 일견 자연스러운 일이 아니겠는가. 가령 "이것도 저것도 암것도 아닌 것"(「김부귀씨」)을 바라는 사람들, "돌아가셔도/가실 곳이 마땅치 않으신"(「영안실」) 사람들이 그의 시편 안쪽으로 들어오는 것이 가장 '서홍관다움'의 실질이 아니겠는가 하는 것이다. 그래서 그의 시편에 등장하는 주인공들은 한결같이 타자적 경험을 가진 외롭고 쓸쓸한 존재자들이다.

낙운이한테 전화 왔다.
임진강 근처라고
사업은 안 되고

봉고차를 몰고 와서 철망에 박아버렸다고
이제 갈 곳도 없다고
왜 우리가 이렇게 살아야 하는지
차라리 아무것도 모르는 철새들이 부럽다고

나도 네가 있는 곳으로 찾아가
철망에 차를 박고
철새나 보고 싶구나.

나라고 남은 게 뭐가 있겠냐고,
내 인생도 온전한 게 얼마나 있겠냐고,

—「최낙운」 전문

시인이 근무하는 곳에서 가까운 임진강 근처까지 차를 몰고 와 철망에 박아버렸노라고 전화하는 친구를 주인공으로 하여, 시인은 "이제 갈 곳도 없다고" 말하는 친구의 말에 자신의 마음을 고스란히 얹어놓는다. 말하자면 "나라고 남은 게 뭐가 있겠냐고,/내 인생도 온전한 게 얼마나 있겠냐고" 하는 동병상련의 마음을 표현한다. 그러나 시인의 말 속에는 "왜 우리가 이렇게 살아야 하는지" 하고 탄식하는 이들의 마음을 공감적으로 바라보는 시선이 깊이 녹아 있다. 그렇게 서홍관 시편에는 "기억도 가물가물한 묵은 편지"(「묵은 편지」) 같은 친구들이 "천둥으로 울고/벼락으로 부서진 청춘"(「충혼탑」)의 흔적들로 인화되어 남아 있다.

이러한 따뜻한 연민의 시선은, 한 걸음 더 나아가 시인으로 하여금 우리 현실이나 역사와 접속하게 하여, 그가 여전히 현실 연관의 상상력을 갈고 다듬는 시인임을 알려준다. "언젠가 역사의 증언이 될 것으로 믿었기 때문"(「10월 유신」)에 지난 시절 흔적을 버리지 않는 마음이 바로 그 밑바탕에 있는데, 이러한 마음은 사회적 타자라고 할 수 있는 철거민이나 북한 어린이들, 한국인 입양아들, 이런저런 이유로 미국에 와 늙어가고 있는 노인들, 에이즈에 걸린 흑인 소녀 등을 차례차례 호명하여 그의 시편들로 하여금 그들과 함께 위안하고 아파하게 한다. 그 가운데 그가 인도주의실천의사협의회 활동에 열정적으로 참여했던 경험을 후경(後景)으로 삼고 있는 다음 시편은, 그러한 위안과 통증이 단순한 감상이 아니라 남다른 열정과 실천 의지를 동반하고 있음을 보여주는 사례이다.

그러나,
북녘의 어린이 한 명이 나 때문에 살 수 있다면
영양결핍과 야맹증과
각기병과 괴혈병과 구루병에 시달리지 않아도 된다면
이 한 몸 불법을 저지르고 끌려갈 용기는 있네.

북녘 동포 만 명을 살릴 수 있다면

남녘 동포 만 명이 나설 것이고,
북녘 동포 이천만 모두를 살릴 수 있다면,
신부님도, 스님도, 목사님도,
의사도, 약사도, 한의사도, 치과의사도,
가정주부도, 어린아이도,
이 나라의 제비와 참새 들까지
사랑의 무법자가 되어
우리가 먹던 밥이라도 기꺼이 덜어 보낼
뜨거운 용기가 있네.

—「사랑의 무법자」 중에서

시인은 "북녘의 어린이 한 명이 나 때문에 살 수 있다면", 비록 그것이 현실 원칙에서는 "불법"에 해당한다고 하더라도, 그 '불법'을 저지르고 끌려갈 남다른 용기에 대해 노래한다. 물론 비가(悲歌)의 속성이 강하기는 하지만, 이 시편은 재차 반복되는 "살릴 수 있다면"이라는 말 속에, 생명에 대한 간절한 염원과 실천 의지를 강렬하게 담고 있는 실례가 아닐 수 없다. 그래서 시인은 심지어 "이 나라의 제비와 참새 들까지/사랑의 무법자"가 되는 풍경을 상상하는 데로 나아간다. 바로 그 "뜨거운 용기"가, 그 동안 시인이 보여준 고요하고 맑고 평안한 마음의 저류(底流)에 열정적으로 파동치는 어떤 것이 있었음을 우리로 하여금 새삼 발견하게 한다. 이때 우리는 평안과 열정이 결속하며 빚어내는 '서정'의 원리가 서홍관 시편의 지속적 형질임을 알게 되는 것이다. 그 서정의 원형이 아름답게 담겨 있는 가편(佳篇) 하나를 읽어보자.

누런 밀밭과
키 큰 포플러들이
바람 따라 길게 뻗은 시골길.

버스를 잘못 내려
갑자기 걷게 된
서양의 작은 마을.
방울새가 나를 안내한다.

축구하러 나간 빈 교실에는
책상만 싱싱하고
아이들의 웃음소리는
꿈결같이 흩어진다.

먼 곳 쥐라 산맥은 햇빛에 겨워
지금까지 뭘 바라 살아왔는지 버거워하는
마흔아홉 동양 사내의 시름은
아랑곳하지 않는다.

언제 방울새들도 떠났을까.

밀냄새만 남은 들길에.

—「방울새가 없는 풍경」 전문

"누런 밀밭과/키 큰 포플러들"을 배경으로 한 유럽의 한 시골길에 시인은 우연히 서 있게 된다. 이때 시인을 이끌고 가는 것은 이 "서양의 작은 마을"에 있는 '방울새'이고, 그곳에서 시인은 꿈결같이 아득하게 번져가는 시골 아이들의 웃음소리를 듣는다. 그리고 프랑스와 스위스 국경 사이에 펼쳐진 "먼 곳 쥐라 산맥"이 "지금까지 뭘 바라 살아왔는지 버거워하는/마흔아홉 동양 사내의 시름"에 아랑곳없이 서 있는 것을 무연하게 느낀다. 순간 시인은 자신을 이끌고 왔던 방울새도 떠나고, 이제 외로운 풍요로움으로 가득한 "밀냄새만 남은 들길"에서 새롭게 펼쳐질 삶을 맑고 평안하게 꿈꾼다. 그것은 비유컨대 "누구에게 가을햇살을 구걸하지도 않고/아쉬운 소리 할 것도 없이//나뭇잎/하나/둘/숨쉬듯/떨어지던/반야봉 갈참나무"(「반야봉」)처럼, 외롭고 높고 쓸쓸하게 살아가는 어떤 삶이 아니었을까.

지금까지 우리가 찬찬히 읽어왔듯이, 서홍관 시집은 '어머니'에 대한 각별한 기억에서 발원하여, 작고 여린 사물과 타자들을 지극히 감싸안으면서, 정작 자신은 외롭고 높고 쓸쓸하게 살아갈 다짐을 하고 있는, 생의 어떤 중간보고서 같은 것이라고 할 수 있다. 이전 시집과의 이십 년 가까운 상거(相距)에도 불구하고, 심원해진 언어와 넓어진 시공간의 스케일에도 불구하고, 시인은 맑고 평안한 시선과 어법의 일관된 연속성을 보여준다. 그렇게 그의 시편들은, 요즘 우리 시단에서 매우 드물고도 아름다운 '청안(淸安)의 시학'을 펼쳐 보이고 있는 것이다.

시인의 말

세상에는 고통이 넘쳐난다. 오늘도 지구 어디에선가 자기 집 문을 두드려주기를 기다리면서 누군가 외롭게 죽어가고 있을 것이다.

탐욕스러운 인간들은 밀림을 불태우고, 원주민들을 살해하고 몰아낸 그 자리에 농장을 건설하여, 소를 키우고 고기를 만들어 수출한다. 지구는 쓰레기 더미가 덮인 채 쓸쓸하게 늙어갈 것이다.

북에서는 영양결핍으로 아이들이 병에 걸려도 이들을 치료할 약조차 없는데, 남에서는 음식물 쓰레기가 넘쳐나고 너무 많이 먹어서 생긴 비만을 해결하겠다고 다음날 스포츠센터에 가서 땀을 삐질삐질 흘리는 것이 현실이다.

한편으로 새벽 세시부터 일어나 찬바람 속에 도시락을 싸

들고 시내버스 첫차를 타고 일터로 나가는 청소부 아줌마들도 있다. 이들은 매일 힘겹게 살지만 지친 자신의 육신을 눕히고 가족이 쉴 수 있는 집 한 칸을 지키기 힘들다. 이들의 자녀들도 미래가 불안하기는 마찬가지다.

시인은 시대를 증언하고, 시대의 고통을 노래하고 희망을 말해야 한다. 이번 시집이 지난 1992년 가을 두번째 시집을 낸 이후 십칠 년 동안의 흔적일진대, 어느 한순간도 흔적 없이 사라지지 않았건만 이 빠진 사기그릇처럼 헤성헤성한 것이 아쉽고 부끄러울 뿐이다.

*

어느덧 오십을 넘기고 보니, 지난 일들이 새록새록하다. 시골 할머니 댁에 같이 가던 어머니의 물빛 양산, 국민학교 6학년 어머니날에 전주 남부시장에서 사드렸던 하얀 바탕의 분홍색 꽃무늬 손수건, 교생선생님이 떠나신 뒤 눈물 흘리던 하늘의 뭉게구름, 여름날 아침 옆집 평원이네 버드나무에서 들리던 꾀꼬리의 은방울 같던 노랫소리, 겨울아침에 일어났을 때 눈이 소복하던 뒤안 대나무숲, 밤새도록 기왓장을 울리던 여름 장맛비, 늦은 봄날 내 가슴을 쥐어짜던 뒷산 소쩍새소리, 멀리 떠나고 싶도록 가슴을 저미던 여수행 완행열차의 기적 소리, 고등학교 1학년 때 백혈병 치료를 위해 서울로 올

라간 뒤 끝내 집으로 돌아오지 못했던 동생의 죽음, 시신을 벽제 화장터에서 날려보내고 내려간 날 방에 걸려 있던 주인 잃은 동생의 하얀 교복, 밤 깊은 선유도에서 바다를 보면서 부르다가 목이 메었던 〈영산강〉, 말도에서 해난사고로 죽은 부부의 아이들이 부모의 넋을 건지던 '넋건지기 굿', 신혼의 고등학생일 때 징병으로 규슈에 끌려갔던 아버지, 남녘의 들판이 눈에 하얗게 덮인 날 급작스런 아버지의 죽음, 칠순이 한참 지나서도 서울에 한번 오실라치면 김치에 된장에 박스를 주렁주렁 달고 오셔서 고속버스 기사들이 투덜거릴 정도로 기력이 좋으셨던 어머니, 그러나 아버지 장지에도 가지 못하신 어머니의 슬픈 노래와 눈물…… 아, 나의 작고 보잘것없는 인생도 이런 슬픔과 아름다움과 그리움과 회한으로 가득한 것이었던가. 어머니도 요양원에서 끝내 돌아가셨지만, 지금도 이상하게 내가 외로울 때마다 나를 위로해주는 것은 "괜찮다…… 괜찮다……"고 말씀하시는 어머니의 목소리이다.

*

우주는 백삼십칠억 년 전에 탄생했으며 지구는 약 사십육억 년 전에 만들어졌다고 한다. 삼십팔억 년 전에 무생물로부터 생명체가 태어나는 우주의 기적이 연출되었다. 생명체가 오늘날까지 진화하는 동안 전 기간의 삼분의 이에 해당하는 이십사억 년을 단세포 생물로 살았다니 무척 참을성이 많았던 것 같다. 놀랍게도 지구상에 생겨난 생물종 중에서 99.99퍼센트는 멸종되었다.

우리가 얼마나 늦게 지구에 발을 들여놓았는지를 알기 위해서 지구의 역사 사십육억 년을 일 년으로 놓고 계산을 해본다면 인류가 태어난 것은 약 육백만 년 전이니 이때는 12월 31일 오후 한시 정도이며, 인류의 스승으로 일컬어지는 석가, 예수, 공자, 소크라테스가 탄생한 약 이천 년 전은 12월 31일 오후 열한시 오십구분 사십칠초 정도가 된다.

이 오래된 푸른 행성 지구에서 같은 시대를 살아가는 모든 생명체들에게 기쁨과 감사의 인사를 전하고 싶다. 우리는 소풍처럼 잠시 머물다 가는 존재일 뿐이다. 그러나 이끼와 풀벌레와 돌고래와 인간인 우리 모두는 살아 있는 한, 우리 생명의 존엄성만은 순순히 내주지 않을 것이다.

서홍관

1958년 전북 완주에서 태어나 서울대 의과대학과 동대학원 박사과정을 졸업했다. 1985년 창작과비평사에서 나온 『16인 신작시집』에 「금주 선언」 등을 발표하며 작품활동을 시작했다. 시집 『어여쁜 꽃씨 하나』 『지금은 깊은 밤인가』 『우산이 없어도 좋았다』, 산문집 『이 세상에 의사로 태어나』 등이 있다. 현재 국립암센터 원장으로 재직중이다.

어머니 알통

1판 1쇄 | 2010년 3월 30일
1판 5쇄 | 2023년 8월 4일

지은이 서홍관
책임편집 조연주 이경록
디자인 민병일 유현아 | 저작권 박지영 형소진 최은진 서연주 오서영
마케팅 정민호 한민아 이민경 안남영 김수현 왕지경 황승현 김혜원 김하연
브랜딩 함유지 함근아 박민재 김희숙 고보미 정승민 배진성
제작 강신은 김동욱 이순호 | 제작처 (주)상지사P&B

펴낸곳 (주)문학동네 | 펴낸이 김소영
출판등록 1993년 10월 22일 제2003-000045호
주소 10881 경기도 파주시 회동길 210
전자우편 editor@munhak.com | 대표전화 031)955-8888 | 팩스 031)955-8855
문의전화 031) 955-3576(마케팅) 031) 955-2675(편집)
문학동네카페 http://cafe.naver.com/mhdn
인스타그램 @munhakdongne | 트위터 @munhakdongne
북클럽문학동네 http://bookclubmunhak.com

ISBN 978-89-546-1081-0 03810

www.munhak.com